La Ilíada
contada para los niños

Adaptación: Victoria Rigiroli
Ilustraciones: Fernando Martínez Ruppel

EDICIONES
Lea

LA ILÍADA CONTADA PARA LOS NIÑOS
es editado por: Ediciones Lea S.A.
Av. Dorrego 330 (C1414CJQ),
Ciudad de Buenos Aires, Argentina.
info@edicioneslea.com
www.edicioneslea.com

ISBN: 978-987-718-239-2

Primera edición. Impreso en Argentina.
Abril de 2015. Arcángel Maggio-División Libros.

Homero
    La Ilíada contada para niños / Homero ; adaptado por Victoria Rigiroli.
    - 1a ed. - Ciudad Autónoma de Buenos Aires : Ediciones Lea, 2015.
    64 p. ; 24x17 cm. - (La brújula y la veleta; 13)

    ISBN 978-987-718-239-2

    1. Literatura Griega Clásica. I. Rigiroli, Victoria, adapt.
    CDD 880

Canto II:
El duelo entre Menelao y Paris

as dos tropas avanzaban enfrentadas, cada una utilizaba su propio método para darse coraje. Los troyanos gritaban como las aves que surcan el cielo al amanecer y los aqueos iban en el más profundo y concentrado silencio.

Una vez que ambos ejércitos estuvieron uno frente a otro, de entre el mar de troyanos dispuestos a morir y a matar emergió Paris, el hijo de Príamo y hermano de Héctor, y desafió a los valientes aqueos a que combatieran contra él.

Los ojos de Menelao, en el bando contrario, brillaron de alegría: toda esta guerra se había originado cuando Paris secuestró a Helena, su legítima esposa, y esta era la hora en la que se vengaría de tamaña impertinencia. Bajó velozmente de su carro de guerra y se paró delante de los suyos, parecía enorme como un dios y fuerte como un buey.

Cuando Paris lo vio al frente de la tropa y tan decidido a matarlo, tuvo un miedo indescriptible, un miedo muy hondo que lo obligó a retroceder y a esconderse entre los suyos.

Héctor, que siguió toda esta escena con atención, se enfureció con su hermano y le dirigió estas palabras:

–¡Oh, mísero Paris! ¿Ahora te escondes? Bello y mujeriego como eres, toda esta guerra es por tu culpa, ¿y ahora te escondes? Sería preferible que estuvieras muerto antes que ser esta vergonzosa realidad para nosotros. ¿A quién se le ocurre traerte una mujer tan bella como Helena cuando no tienes ni siquiera el coraje de defenderla? Nuestro pueblo es demasiado bueno y generoso, si no fuera así, él mismo debería matarte por todas las penurias que nos has provocado.

Paris, hermoso como un dios, salió de su escondite para contestarle a su hermano:

–Héctor, entiendo tu furia y tu enojo, pero haz el esfuerzo de entender mis temores. Si quieres que combata contra Menelao, que todos los troyanos y los aqueos dejen de lado sus armas para que este sea un duelo de uno contra uno, por el corazón de Helena y sus tesoros. El que gane habrá demostrado que es el más fuerte y podrá volver a casa con la mujer y sus bienes. De esta manera, troyanos y aqueos podrán terminar con la guerra.

Todos aceptaron, los troyanos y los aqueos, cada uno en su lugar del campo de batalla, celebraron este que, en apariencia, era el fin de una contienda que ya los tenía a todos agotados. Como en toda guerra, todos estaban seguros de tener razón y por eso, en ambos bandos, el ruego era el mismo:

–¡Oh, Zeus, concédenos la gracia de la victoria a nosotros, que tanto la merecemos, y alarga la mano de tu justo castigo a aquellos que tanto dolor nos han causado!

En eso estaban todos mientras Paris y Menelao se acercaban con sus lanzas en el campo de batalla. Los ojos de ambos bramaban de furia y enojo. Se odiaban.

Paris fue el primero en arrojar su larga lanza, que impactó precisamente en el escudo de Menelao, pero no alcanzó a romperlo; la lanza de Paris, en cambio, quedó retorcida después del golpe. Menelao, entonces, sintió que esta era su oportunidad, elevó sus ojos al cielo y dijo:

–¡Poderoso Zeus, padre de todo lo vivo, déjame que le dé justo castigo a aquel que provocó tantas desgracias con su atrevimiento! ¡Haz que descienda al Hades aquel que me deshonró! De esa manera, en el futuro, los hombres tendrán más cuidado y no ultrajarán a aquel que, como yo hice en mi tierra, les ofrece su amistad y hospitalidad.

Después de decir esto, arrojó su lanza que dio exactamente en el centro del escudo de Paris, que incluso llegó a rasgarle levemente la túnica que llevaba puesta, pero que no alcanzó a asestarle una herida mortal. Cegado por la ira, Menelao desenvainó su espada y con todas sus fuerzas la estrelló sobre la cimera⁶ que llevaba puesta Paris pero, contra todos los pronósticos, lo que se partió fue la espada. Menelao volvió a mirar al cielo y, enojado como estaba, dijo:

–Poderoso Zeus, ningún dios es tan malévolo. No permites que mi lanza lo atraviese ni que mi espada lo hiera. Pero esto no ha terminado.

Dicho esto se acercó, poseído por una furia sin control, y tomó a Paris por las crines que adornaban su cimera. Se lo llevaba a la rastra hacia las filas aqueas y mientras lo hacía, la correa que sujetaba la cimera al mentón y al cuello había comenzado a ahorcarlo. Definitivamente hubiese muerto si Afrodita no hubiese acudido al auxilio de Paris. La diosa, que lo tenía por favorito, cortó la correa, y llevó a Paris hasta su habitación en el castillo de Troya, donde lo esperaba Helena.

Ella le dijo, entonces:

---

6   Casco.

—Vuelves de luchar contra mi anterior marido y tú, que tanto te jactabas de ser mejor que él, has sido vencido y habrías muerto si no te hubiese rescatado tu diosa protectora. Ahora vuelve, si quieres, a la guerra, pero ten en cuenta que lo más probable es que vuelvas a caer, ahora herido de muerte por su lanza.

—No seas tan dura conmigo, mujer. Bien sabes que si Menelao pudo vencerme hoy, es porque contó con la ayuda de Atenea, que está de su lado. Yo también tengo dioses que me apoyan y ya triunfaré en otra oportunidad. Ahora bésame, que nunca resultaste más bella a mis ojos que en este momento.

Eso hicieron, y juntos se fueron a acostar al lecho mullido.

Mientras tanto, en el frente de batalla, Menelao daba vueltas enloquecido buscando a Paris para consumar su venganza, interrogaba ferozmente al resto de los troyanos, que no pudieron darle ninguna información, no porque tuvieran estima o respeto por Paris (después de los problemas que había ocasionado les parecía que era la encarnación de la negra muerte) sino porque no sabían dónde estaba ni cómo había logrado escapar.

Intervino Agamenón, entonces, rey de los hombres:

—Resulta evidente, troyanos, que Menelao ha sido el vencedor. Devuélvannos, pues, a Helena y todos los tesoros que con ella se llevaron. Páguennos, además, una compensación justa que desanime a todos los que, en un futuro, quieran ser tan impertinentes como han sido ustedes con nosotros.

¡Qué distinta hubiera sido la historia, musa, si los troyanos hubiesen cumplido con su parte del pacto! ¡Qué diferente si la cruel intervención de los dioses no se hubiese interpuesto en el camino!

Porque mientras Menelao caminaba enfurecido y Agamenón hacía su reclamo, en el Olimpo los dioses discutían acaloradamente sobre el destino de la guerra. Zeus quería

que todo terminase allí, y que se declarara la paz entre ambas ciudades. Hera y Afrodita, en cambio, querían ver destruida a la ciudad de Troya, por lo que no deseaban que el combate terminara en esos términos tan amables. Como suele suceder en estos casos de enfrentamientos entre pueblos, triunfaron los que querían ver sangre derramada y destrucción, por lo que los dioses enviaron a Atenea a que convenciera a Pándaro, fiel troyano, de disparar una flecha capaz de dar muerte inmediata a Menelao. La diosa de ojos de lechuza le dijo al pobre insensato, que tamaña muestra de valor lo haría rico y célebre entre los de su pueblo y Pándaro no dudó, tensó su arco y disparó una flecha contra Menelao. Por fortuna para él, los dioses no lo olvidaron y desviaron esa flecha que tenía destino directo a su corazón. La flecha sólo hirió levemente su cuerpo que, sin embargo, emanó su sangre tibia.

Cuando vio la sangre, Agamenón se asustó muchísimo, pensó que ese era el fin de su amado hermano, demoró un rato en notar que la herida era pequeña y que su hermano no moriría, sin embargo, para ese momento ya su corazón estaba inundado de cólera. Levantó su puño al cielo y exclamó:

—¡Los troyanos han herido cobardemente a mi hermano y han roto el pacto que hicimos con ellos! ¡Son un pueblo sin palabra que merece la más negra de las muertes negras!

Como una furia desatada corrió Agamenón entre sus tropas, arengó a todos los grandes líderes del ejército aqueo: a Idomeneo, el caudillo cretense; a los dos bravos y valientes Áyax; al astuto Odiseo, de Ítaca; a Diomedes, hijo de Tideo. Todos los jefes del ejército ordenaron a sus tropas prepararse para el asalto.

Los troyanos hacían lo mismo, tal y como era su costumbre, dando fuertes gritos y haciendo mucho ruido para infundirse valor.

La batalla había empezado.

Canto III:
La furia de Diomedes

Una vez que ambos ejércitos estuvieron frente a frente, el embravecido coraje de los hombres se enfrentó en una lucha feroz que no sabía de piedades ni lástimas. Era un chocar permanente de corazas y de lanzas, parecía el rugido del mar en una tormenta. Podían escucharse también, al mismo tiempo, el grito lastimoso de los moribundos y las celebraciones de aquellos que lograban matar a sus oponentes. La tierra y la sangre se mezclaban en el campo de batalla, y era imposible distinguir una cosa de la otra.

Los dioses, por su parte, también peleaban y discutían en el Olimpo. Los desacuerdos llegaron al punto de que resultó ya imposible seguir dialogando y algunos de los dioses decidieron intervenir directamente en la batalla, pese a que Zeus no estaba de acuerdo con eso. De esos dioses, la que más se destacó por su fervor fue, sin lugar a dudas, Atenea, que estaba dispuesta a llegar a las últimas consecuencias para que los aqueos ganaran. Así infundió más valor y más coraje en Diomedes que, incluso herido levemente en el hombro, combatía sin dar un milímetro de ventaja a los troyanos.

Enloquecido de furia, Diomedes elevó su plegaria a Atenea:

—Hija de Zeus, escúchame, por favor. Alguna vez protegiste a mi padre Tideo en las luchas que a él le tocó enfrentar, ahora te pido que me ayudes a mí en este momento. Déjame herir de muerte a los troyanos que han deshonrado al hermoso ejército al que pertenezco.

Atenea, que estaba a su lado, le contestó:

—Ten valor, Diomedes, que ya infundí en tu alma el coraje de mil hombres. Pelea contra los troyanos con todas tus fuerzas y si, por casualidad, Afrodita llega en algún momento a enfrentarte, te pido que la hieras con la lanza, puesto que se lo merece.

Así fue que Diomedes volvió a la batalla con renovadas energías y atacó sin cuartel a todos los troyanos. Se enfrentó primero contra Pándaro, el insensato que arrojó su flecha contra un desprevenido Menelao, logró herirlo gravemente y disfrutó viendo manar sangre del cuerpo del troyano. Pero ese fue el primero de muchos. Diomedes enfrentaba a todos y a todos los vencía ese día.

En ese momento, Eneas, el valiente troyano, hijo del mortal Anquises y la diosa Afrodita, se dio cuenta de que Diomedes estaba causando muchísimos estragos en su tropa y corrió a enfrentarlo. Las cosas no le fueron sencillas a Eneas que, después de un rato de pelea sintió que sus fuerzas flaqueaban y ya no podía sostenerse en pie, apoyó su mano en el suelo y sintió que la oscura noche iba a cubrirle los ojos. Y eso hubiese sucedido si su madre, Afrodita, no hubiese llegado a socorrerlo. Justo a tiempo antes de la estocada final logró cubrirlo con un manto brillante que confundió a los aqueos, y pudo llevárselo muy lejos.

Cuando vio esto, Diomedes recordó las palabras de Atenea y corrió a enfrentar a Afrodita, a quien sabía débil en la batalla y pobre guerrera. Llegó hasta ella rápidamente y la hirió en su bella y tierna mano. De la diosa comenzó a brotar icor[7], y todos escucharon su grito desesperado.

Diomedes, fuera de sí en medio de la batalla, le gritó a su vez:

–¡Vete de aquí, diosa! ¡Retírate de la pelea! Bastante sufrimos los humanos teniendo que soportar tus engaños y mentiras.

El grito de Afrodita, sin embargo, fue escuchado por todos los dioses. En su ayuda acudieron Apolo, que se dispuso a defender a Eneas de los brutales ataques de Diomedes, y Ares, el dios de la guerra, que defendía a los troyanos. A este último, Afrodita le pidió los caballos capaces de llevarla de vuelta al Olimpo, donde su madre Dione, la curó. A su madre, le dijo Afrodita:

–¡Madre, esta herida me la hizo un mortal! ¡Los aqueos no respetan ni a los dioses inmortales!

–Ten calma, hija –le contestó su madre–. Los hombres actúan de esa manera porque están instigados por los dioses. Los dioses no deberíamos tomar partido en los conflictos humanos.

Eneas, el héroe, se hallaba protegido por Apolo cuando Diomedes quiso volver a atacarlo, alentado por Atenea no parecía importarle estar enfrentando al poderosísimo dios. Apolo tuvo piedad de Diomedes y decidió advertirlo:

–¡Piénsalo dos veces, Diomedes, y retírate! No quieras obrar como un dios porque dioses y mortales nunca han sido comparables.

Diomedes retrocedió al escuchar el estruendo de esas palabras y Apolo se llevó a Eneas a la ciudad de Troya, donde el héroe fue curado.

---

7   Es el líquido que fluye por las venas de los dioses, que los vuelve inmortales.

Héctor llegó a enfrentarse a Diomedes, pero no iba solo, iba junto al poderoso dios Ares, que se había convertido en un fabuloso soldado. Cuando Diomedes vio esto, dirigió a sus compañeros estas burlonas palabras.

–¡Allí viene Héctor, el poderoso troyano, que tan poderoso es que precisa un dios que lo acompañe para enfrentarnos!

Atenea, que siempre se llevó muy mal con su hermano Ares, vio esto y le susurró a Diomedes:

–Atácalo, arrójale la lanza justo al costado, en el pequeño espacio libre que deja su coraza.

Diomedes siguió las órdenes de Atenea e hirió a Ares, uno de los dioses más fuertes, aunque no haya sido nunca el más inteligente. Herido en su costado, Ares fue a sentarse lleno de enojo y tristeza al lado de su padre, Zeus, y le dirigió estas palabras:

–¡Padre, mira lo que la loca de tu hija ha causado! ¿No te enoja ver cómo comete, una tras otra, esas atrocidades? Todos en el Olimpo estamos ofendidos contigo porque no logras ponerle un freno. Ella instigó a Diomedes a que nos hiriera, primero a Afrodita y después a mí. Necesita que la castigues de una buena vez.

Zeus, sin mirarlo demasiado, dijo:

–¡Insensato! Eres tú el violento, el que siempre está causando peleas y enojos, entre los dioses y entre los hombres. Heredaste el carácter soberbio de tu madre Hera, y déjame decirte que es ella quien está ayudando a Atenea en todo este conflicto. No estás en condiciones de pedirme nada, puesto que tú también querías guerrear junto con los hombres. Ahora ve y que te curen las heridas que, pese a todo, eres mi hijo.

Mientras tanto, en el campo de batalla, los troyanos estaban atravesando un mal momento, los aqueos parecían dioses embravecidos sembrando el terror y la muerte por todos lados. Agamenón, rey entre los reyes, agitaba su lanza y gritaba, para alentar a los suyos:

—¡Que mueran todos los troyanos! ¡Que sus cuerpos queden sin sepultar así la humanidad pierde recuerdo de que existieron!

No había lugar para la piedad entre los aqueos, que se dedicaban a matar sin importarles, siquiera, saquear o tomar rehenes.

Los troyanos tuvieron que empezar a retroceder y ya estaban próximos a las murallas de su ciudad, ciudad que no sabían si podrían defender. Entonces, Heleno, hermano de Héctor y de Paris, pero también uno de los principales augures[8] de Troya, buscó a su hermano y le dijo:

—Héctor, debemos cambiar de estrategia. Nosotros nos quedaremos a defender esta trinchera, tú ve a la ciudad y pídele a nuestra madre que vaya al templo a realizar los sacrificios para que los dioses se apiaden de nuestra suerte. Ve, antes de que sea demasiado tarde.

Héctor obedeció en el acto a su hermano, que quedó luchando bravíamente en las afueras de la ciudad amurallada. Cuando cruzó las murallas, muchísimas mujeres se le acercaron pidiendo noticias de sus padres, hermanos, maridos e hijos, Héctor no tuvo tiempo para quedarse conversando, debía llegar hasta Hécuba, su madre. El encuentro no se demoró porque también ella, ni bien se enteró de que él estaba de regreso en la ciudad, salió a buscarlo:

—¡Hijo querido! ¿Has vuelto para elevar tus plegarias a Zeus? Déjame, primero, que te ofrezca un poco de vino, para que recuperes fuerzas.

—No tengo tiempo, madre, y temo que el vino debilite mis sentidos. He vuelto para pedirte que realicen sacrificios a los dioses, y en especial a Atenea, para que se apiaden de nosotros. Que detengan a Diomedes, cuya valentía es la principal causa de nuestra derrota. También vengo a buscar a Paris, si se digna a escucharme.

_____

8   Los que interpretan las señales de lo que pasará.

Después de decir esto, Héctor continuó velozmente hasta el palacio en el que se encontraba su hermano. Lo encontró despreocupado, limpiando sus armas lujosas y divirtiéndose con un arco nuevo. La indignación hinchó el corazón de Héctor, que le dijo:

–¡Maldito! Frente a la ciudad estamos muriendo por tu causa, ¿y qué haces tú? Jugueteas en tu cuarto como si fueses un niño. Si algo te queda de hombría, Paris, acompáñame ya mismo a la guerra.

Paris, dejando su arco en el suelo, le contestó:

–Hermano querido, justamente mi hermosa esposa estaba señalándome lo mismo. Si tan importante resulta mi presencia en el frente, iré. Sólo dame un tiempo para que prepare mis armas y allí estaré. O, si lo prefieres, adelántate, yo iré cuando termine.

Helena estaba en un costado del cuarto, haciendo sus labores rodeada de esclavas, cuando levantó la triste vista y dirigió estas palabras a su cuñado:

–Ojalá la muerte me hubiese llevado, Héctor, antes que este cruel destino que me encuentra casada con un hombre al que no le duele que sus propios compañeros lo llamen cobarde. Le falta el inquebrantable espíritu guerrero y nunca lo tendrá. Siéntate, y espera conmigo a que termine de prepararse.

–No tengo tiempo, Helena, mientras Paris se prepara iré a mi casa a saludar a mi mujer y a mi hijo, no sé si el destino me permitirá volver a verlos o si me tocará morir, como ya les ha tocado a tantos.

Dijo esto Héctor y corrió hasta su palacio, en el que encontró a su mujer, Andrómaca, llorando amargamente abrazada a su pequeño hijo. Cuando ella lo vio, sus lágrimas se hacieron aun más amargas mientras le decía a su marido:

–Amado Héctor, tu coraje te perderá. Por lo que más quieras, no vuelvas a esta guerra que no tiene sentido. ¿Qué pasará si mueres? ¿Qué será de nuestro hijo y de mí? Toda mi familia ha muerto en guerras como esta y no ha servido de nada. Tú, Héctor, ahora eres todo lo que tengo, eres mi padre, mi madre y mi hermano, además de mi fiel esposo, te lo pido por favor, no regreses allá, no nos dejes.

–Entiendo tus preocupaciones, Andrómaca, que también son las mías. Pero la vergüenza no me dejaría abandonar a los troyanos en la batalla. Quizás perdamos, es cierto, quizás muera defendiendo inútilmente esta ciudad pero, si eso sucede, al menos no tendré que presenciar cómo los aqueos te raptan y te llevan con ellos a sus tierras. Prefiero morir dignamente y que un montón de tierra cubra mi cadáver antes que ver eso que, si me quedo y perdemos, tendré que presenciar.

Terminó de decir esto y abrazó a su pequeño hijo mientras suplicaba al cielo:

–Que llegue un día en el que reines entre los troyanos y el pueblo diga que este hijo mío es aun más valiente que su padre.

Se abrazaron los tres en un triste y bello abrazo, y se fue Héctor, tan velozmente como había llegado.

En el camino se encontró con Paris y juntos se sumergieron nuevamente en la cruel batalla.

Canto IV:
La decisión de Zeus

Héctor y Paris parecían enloquecidos, nada los frenaba y daban muerte a todos los aqueos con los que se cruzaban. Cuando Atenea vio esto, le propuso un pacto al dios Apolo, que apoyaba a los troyanos. El pacto consistía en aplazar los combates, ambos ejércitos estaban agotados y no faltaba mucho para que se hiciera de noche.

Apolo, entonces, le indicó a Heleno qué hacer y así se hizo.

Héctor, seguro de que su destino no era morir ese día, lanzó un desafío: que la batalla se detuviese por un rato y que se diese lugar a un combate cuerpo a cuerpo entre él, el mejor de los troyanos, y el mejor de los aqueos, aquel que aceptara el desafío. Sus palabras parecían rugidos, y su espada en alto parecía un rayo cayendo sobre la tierra mientras decía esto. No resulta extraño, entonces, que entre los aqueos corriera un silencio total. Nadie quería enfrentar a ese hombre que parecía más fuerte y grande gracias a la furia que lo poseía. Pasaba el tiempo y nadie se proponía. Menelao, que no poseía la fuerza ni la destreza necesarias, estaba a punto de postularse por la vergüenza que le provocaba ese silencio, cuando Néstor, el anciano sabio a quien todos respetaban y escuchaban, dijo:

–¡Quisiera yo ser joven! ¡Quisiera que este cuerpo mío no me fallase para poder darle su merecido a este prepotente Héctor! ¿Qué pasa, aqueos? ¿Por qué ninguno es capaz de defender el nombre de este ejército frente a estos atropellos?

Néstor dijo esto y el ejército entero sintió vergüenza de que el anciano tuviese que reprenderlos de esa manera. Nueve valientes quisieron, después de escucharlo, enfrentarse a Héctor. De ellos, los más importantes eran el gran Agamenón, Odiseo, Diomedes y Áyax. Lo echaron a la suerte y esta quiso que fuese Áyax el encargado de enfrentar al poderoso troyano. En poco tiempo más, se encontraron frente a frente y comenzaron a arrojarse sus lanzas. La dorada lanza de Héctor logró un par de veces atravesar el magnífico escudo de Áyax pero nunca llegó a herirlo. Más certera, en cambio, la lanza del aqueo logró herir al troyano en el cuello, pero eso no impidió que Héctor siguiera embravecido, peleando sin pausa.

Estaban ambos ya luchando con sus espadas y tampoco conseguían sacarse ventaja cuando llegaron dos mensajeros de los dioses que dijeron lo siguiente:

–¡Queridos hijos! No peleen más, que la noche está comenzando y nunca es bueno desobedecerla. Zeus reconoce en ambos a los mejores guerreros y los premia por su valentía.

Héctor y Áyax, que al principio querían seguir luchando, accedieron a cumplir con el mandato de los dioses y decidieron detener el duelo y retomarlo en otro momento.

Aprovechando ese alto en la batalla, ambos ejércitos decidieron hacer un pacto: el día siguiente lo utilizarían, unos y otros, para enterrar a aquellos que habían muerto. Este acuerdo, era muy habitual y serio en las guerras y nadie se atrevería a romperlo. Los soldados muertos debían recibir sepultura para que sus almas pudieran descender al Hades.

El alba comenzaba a pintar de rosa la llanura cuando los aqueos y los troyanos comenzaron a mezclarse en el campo de batalla. La imagen no podía ser más triste. Unos y otros buscaban agachados a sus muertos, ofreciéndoles sus nobles espaldas de guerreros al cielo y, a medida que los iban reconociendo y recuperando, los subían a carros. Los troyanos los conducían a su ciudad y los aqueos hicieron una gran pira en la que quemaron los cuerpos, y un gran pozo común en el que enterraron las cenizas de los soldados que ya no regresarían a sus hogares. El ejército de Agamenón decidió también construir un muro que protegiera a sus naves de un posible ataque sorpresa de los enemigos. Así lo hicieron ese mismo día. Quisieron, para volver más seguro al lugar, cavar un foso entre el muro y Troya, para dificultar aun más el ingreso de los enemigos, y así lo hicieron, también. Y lo llenaron de estacas que lo volvían un lugar pesadillesco.

Al atardecer, la obra estaba completa y los dioses la contemplaban con desconfianza: los aqueos habían olvidado hacer los sacrificios que les garantizaban la buena voluntad del Olimpo. Zeus meditó toda la noche y tronó en el cielo con feroz enojo. Tanto troyanos como aqueos estaban temerosos y dormían con un ojo abierto.

Cuando la Aurora se derramó sobre la tierra, Zeus llamó a una asamblea en el Olimpo. Allí les dijo a todos:

—¡Dioses y diosas! Les he dado cita aquí para avisarles algo: cualquiera de ustedes que intervenga en el conflicto entre aqueos y troyanos sin mi permiso será enviado inmediatamente al lúgubre Tártaro, donde el abismo es más hondo y más profundo que en ningún otro lado.

Así habló y a los dioses les pareció que su voz era un trueno que partía en dos el cielo. Algunos más resignados que otros (Hera y Atenea no estaban para nada de acuerdo con esta decisión), todos accedieron a cumplir con lo que el más grande de todos los dioses, el hijo de Cronos, había ordenado.

Las puertas de Troya, la ciudad amurallada, se abrieron al amanecer, y los guerreros salieron de la ciudad gritando enloquecidos, se encontraron con sus pares aqueos en la llanura desnuda. Los dos bandos se herían y mataban por igual. En el Olimpo, Zeus tomó su balanza de oro y en ella posó los destinos de ambos. La balanza decidió que los troyanos ganaran ese día y Zeus tronó en el cielo y envió un rayo al campo de los aqueos que temblaron de miedo cuando se dieron cuenta de lo que significaba.

La furia de los troyanos comenzó a surtir efecto, alcanzaban con sus lanzas a los aqueos y los gritos de los muertos podían escucharse hasta en las naves que esperaban en el mar. Los aqueos se vieron obligados a retroceder, a acercarse cada vez más al muro que habían construido el día anterior. Eran empujados por las lanzas de los troyanos, y entendían que era voluntad de Zeus que así fuera. Todos entendían menos Diomedes que, temerario en la batalla seguía enarbolando enloquecido sus armas contra los troyanos. Había quedado casi rodeado cuando la voz de Néstor, el venerable anciano al que todos respetaban por su sabiduría, llegó a sus oídos:

–¿Qué haces, Diomedes? ¡Debes retroceder! No nos acompaña Zeus en el día de hoy. Seguramente en otro momento su buena voluntad vuelva a alcanzarnos. Así es en la guerra. Pero debes permanecer con vida para ver cómo triunfamos en la próxima batalla.

–¡Anciano Néstor! –respondió Diomedes–. Respeto tus consejos más que los de nadie, pero no puedes pedirme que abandone mi puesto en la batalla. No puedo permitir que algún día Héctor me llame cobarde delante de los suyos.

La voz de Néstor volvió a escucharse al lado de Diomedes:

–¡Ni Héctor ni nadie podrá llamarte jamás cobarde,

Diomedes! No lo permitirían las mujeres de todos los troyanos que mataste durante esta guerra.

Agamenón, por su parte, ya cerca del muro, hablaba así a sus guerreros, para que pelearan con más bravura:

—¡Aqueos, ejército mío, bravo y valiente! Que no digan las generaciones futuras que nosotros, que nos jactamos de ser los mejores combatientes, perdimos frente a los troyanos, que sólo saben domar caballos. Supimos dar muerte a tantos otros pueblos, matemos a los troyanos. Demos muerte, en especial, al temible Héctor.

Zeus, al ver la demostración de valentía de Agamenón, decidió enviarle un águila en señal de buena fortuna y eso hizo que los aqueos pelearan con más fuerza durante un rato.

Pero no era suficiente toda la fuerza de esos valerosos guerreros para contrarrestar el designio divino. Zeus había decidido que esa batalla fuera un triunfo para los troyanos y así sería, no importa cuánto lucharan.

Los aqueos habían tenido que retroceder hasta el foso que ellos mismos habían construido y que resultó una trampa mortal para muchos de ellos, que perecieron heridos por las estacas que lo rodeaban.

Hera y Atenea, en el Olimpo, estaban desesperadas contemplando todo esto. Los aqueos perderían y ellas no podían hacer nada para evitarlo. No podían soportarlo. Entonces, madre e hija se pusieron de acuerdo, bajarían en corceles que las volvieran irreconocibles a los ojos de Zeus y ayudarían a los aqueos. Se prepararon velozmente, se ataviaron con corazas y cascos, montaron los caballos y comenzaron a descender cuando Zeus, el más grande de todos, descubrió el intento. Furioso ordenó que Iris, la mensajera, las trajera de regreso. Cuando las tuvo frente a sus ojos no gritó, rugió, tan fuerte que el Olimpo entero se estremeció.

—¡¿Cuáles habían sido mis expresas órdenes?! ¡¿Qué dije hoy mismo en la asamblea?! La próxima vez que intenten

desobedecerme padecerán la fuerza de mis rayos, no me importará que sean mi mujer y mi hija las que me desobedecen, sufrirán los castigos igual.

Atenea estaba enojada con su padre, por lo que guardó silencio, mientras que Hera no pudo contenerse y le dijo:

–¡Cruel hijo de Cronos! Te obedeceremos ahora, y no iremos a socorrer a los aqueos, pero desde aquí los aconsejaremos para que no perezcan todos, víctimas de tu ira.

Zeus, aún tronando de ira le contestó:

–Ya verás cómo perecen los aqueos en el día de mañana, porque Héctor no perderá hasta que el mismísimo Aquiles luche contra él alrededor del cadáver de su amigo Patroclo. Este es mi decreto. No importa cuánto te enoje, no importan los trucos que tú y nuestra hija traten de utilizar, aquí o en los confines del mundo.

Se hizo el silencio en el Olimpo.

Zeus había hablado. Nada lo haría cambiar de opinión.

Canto V:
La noche de la guerra

L a noche cruel se había hecho en el campo de batalla y con ella vino el alivio para los aqueos, que volvieron vencidos a sus naves a analizar cómo seguirían al día siguiente.

Pero también se hizo la noche para los troyanos, que lamentaban no haber podido vencer, de una vez y para siempre, a los invasores.

–¡Compañeros! –dijo Héctor, a su ejército–. Lamentablemente se hizo de noche y no podremos cumplir con nuestro cometido. Pensé que hoy sería el día en el que por fin echaríamos a estos perros aqueos de nuestras tierras, pero –por poco– no ha sido posible. Mañana reanudaremos la lucha con energías renovadas y mejor fortuna. Un miedo me asalta: que estos cobardes huyan a sus patrias en mitad de la noche. La victoria final está cerca, no debemos permitir que una cosa así suceda. Encendamos muchas hogueras en el campo, para poder verlos y vigilarlos mejor.

Hogueras que estén encendidas hasta el alba. Mañana veremos finalmente si ese Diomedes puede conmigo o si sólo es su osadía y jactancia lo que le permite hablarnos así.

Todos los troyanos estuvieron de acuerdo y pusieron manos a la obra. En breve, las hogueras iluminaban toda la llanura hasta el mar. De no ser por tan fúnebre contexto, podríamos decir, incluso, que el espectáculo era hermoso.

Los aqueos, por su parte, eran presas del pánico. Agamenón daba vueltas como loco y los más importantes del ejército lo seguían con la vista.

–¡Qué tristeza tan grande se cierne sobre mi corazón! Zeus me prometió que no me iría de aquí sin haber destruido Troya pero, evidentemente, me estaba mintiendo. El día de hoy fue funesto y difícilmente habría podido salir todo peor. Creo que quizás todos deberíamos huir y regresar a nuestra patria hoy mismo y sin haber vencido a Troya.

Se produjo un largo silencio en la asamblea. Los mejores hombres del ejército pensaban en las palabras de Agamenón y buscaban cómo seguir a partir de ahora. El primero en hablar fue Diomedes que, visiblemente alterado, dijo estas palabras:

–Agamenón, tú eres rey entre los reyes, pero estamos en asamblea y eso me permite dar mi parecer sobre esto: desgraciado eres si piensas que los aqueos somos tan cobardes como para huir en mitad de la noche y perder Troya. Huye tú, si quieres, nosotros, los valientes, nos quedaremos a afrontar esta guerra y defenderemos las naves con nuestras lanzas y, de ser necesario, nuestras cabezas. Vinimos amparados por los dioses y sólo nos iremos de aquí después de haber tomado la ciudad.

Esto fue lo que dijo Diomedes y el resto de los aqueos aplaudió sus palabras. Néstor, el anciano sabio, fue el siguiente en hablar:

–Eres joven y valiente, Diomedes, y has hablado muy bien. Déjenme agregar lo que yo considero. Agamenón, desde que ofendiste a Aquiles, esta guerra nos es contraria. Traté de convencerte de que no tomaras esa decisión injusta y equivocada y fuiste inflexible. Aquiles es el único que puede ayudarnos a ganar esta guerra y a congraciarnos con Zeus, endulza sus oídos con bellas palabras y recompensas y fíjate si logras convencerlo de que cambie de opinión.

Todos aplaudieron aun más a Néstor. Y Agamenón estuvo de acuerdo con la decisión.

–Me he equivocado y lo reconozco –dijo Agamenón–. Esa no es forma de tratar al hombre más valioso de todo nuestro ejército. La guerra y el Olimpo me lo han demostrado. Veré si puedo enmendar en algo mi error.

Eso dijo, todos aplaudieron y el rey de los aqueos envió una comitiva hasta la tienda del héroe colmada de regalos. Fénix, Odiseo y Áyax eran parte de la comitiva que iba a intentar convencer a Aquiles de regresar a la guerra.

Aquiles recibió con seca alegría la presencia de la comitiva, sabía muy bien qué motivos los habían llevado hasta su tienda.

–Sigo enojado, aqueos –dijo–. Porque el trato que me ha dado Agamenón ha sido tremendamente injusto. Todavía viven en mi corazón la angustia y la tristeza que me produjeron las palabras de quien debería ser el mejor de todos nosotros.

Odiseo, el astuto, fue el primero que trató de convencerlo:

–Poderoso Aquiles, tampoco tú quieres que los aqueos perezcamos lejos de nuestros hogares y víctimas de la derrota. Abandona esa ira que te ha ganado el corazón y que no hará más que dañarte. ¿Es que acaso no recuerdas las palabras que Peleo, tu glorioso padre, te dijo antes de que partieras de Ftía rumbo a esta guerra que ya lleva demasiado tiempo? "No entres en peleas inútiles si quieres ser respetado por tus compañeros y tu pueblo", eso te dijo él, conociendo tu espíritu irritable. Agamenón, que ha comprendido ya su error, te ofrece numerosísimos regalos y compensaciones si accedes a pelear contra ese Héctor, que ya no distingue entre dioses y hombres.

–Hijo de Laertes, no soporto a aquellos que sostienen una cosa y después hacen lo contrario. Agamenón ha roto todos los pactos posibles conmigo, y eso es algo que no estoy dispuesto a tolerar. Ningún aqueo logrará hacerme cambiar de opinión. Estamos aquí porque Paris raptó a la bellísima Helena y Agamenón decidió movilizar a todo el ejército para proteger a su cuñada. Yo también tenía una mujer, Briseida, y él me la arrebató sin miramientos. Es cierto que la había obtenido como parte de un botín de guerra, pero la quería con mi corazón. Volveré a Ftía mañana mismo. Tetis, mi madre, me anunció mis dos posibilidades: puedo quedarme aquí, luchar contra toda Troya y morir en esta tierra, sin jamás volver a mi patria. Eso me haría célebre entre los hombres. O puedo volver tranquilamente a Ftía y olvidarme de todo esto. Eso no me hará célebre entre los hombres pero me asegurará una vida más larga. Elijo lo último. Y otra cosa, quiero que tú, Fénix, vuelvas conmigo, así que Patroclo, ve y prepárale una cama.

Fénix, el anciano, permaneció un momento en silencio y luego le contestó a Aquiles, llorando:

–Tu padre quiso que yo fuera aquel que te guiase en la vida y desde entonces no he hecho otra cosa que estar junto a ti, aconsejándote y enseñándote todo lo que un hombre de bien debe saber. Hoy decides dejar que la ira se apodere de tu corazón y prefieres irte antes que ayudar a los aqueos. No me queda más opción que acompañarte también en esto, aunque no estoy de acuerdo para nada. No es bueno, hijo, tener un alma inflexible, sin lugar para la piedad.

A Aquiles no parecía importarle nada: ni los pedidos, ni las explicaciones, ni el llanto, por eso, inflexible como una piedra, le dijo a Fénix:

–Anciano Fénix, es cierto que eres para mí un padre, que me has cuidado y amparado de todo, pero si te quedas aquí, ayudando a aquellos a los que odio, te harás tú también odioso a mis ojos, y nada me importará de tu destino. No intervendré en esta batalla a menos que el mismísimo Héctor mate a la gente de mi pueblo.

Una vez que terminó de hablar, Odiseo y Áyax volvieron a darle las tristes noticias a Agamenón. Sin Aquiles y con Zeus asistiendo a los rivales, no había forma de vencer en la guerra. Odiseo habló en la asamblea, repitió, palabra por palabra, lo que dijo Aquiles y todos quedaron pensativos. Diomedes, el temerario, fue el primero en tomar la palabra, y, visiblemente irritado, dijo:

–Agamenón, el corazón soberbio de Aquiles no merece nuestras preocupaciones, su arrogancia no tiene límites. Dejémoslo, entonces, y si se quiere ir, que se vaya. Mañana al amanecer, tú, rey de los hombres, serás el primero en salir a la batalla. Mostrarás toda tu fiereza ante nuestro ejército que, conmovido, te imitará.

Todos aplaudieron la propuesta, incluido Agamenón, que ya quería que el sol asomara en el horizonte para ser el primero en ir a enfrentar al enemigo.

La asamblea decidió también que dos hombres fueran a espiar, esa misma noche, el campamento del ejército rival. Querían ver qué planes tenían para el día siguiente y si habían perdido muchos hombres.

Diomedes y Odiseo fueron los que se ofrecieron a llevar adelante esa misión, que era de muchísimo riesgo.

Lo que no sabían era que en el ejército rival, Héctor les hablaba a sus hombres:

–¿Quién será el espíritu valiente que se anime a realizar lo que voy a pedir? Uno de ustedes deberá acercarse a las naves aqueas y averiguar qué están haciendo ahora mismo nuestros enemigos. Necesitamos saber si piensan huir o si piensan mañana iniciar una nueva batalla. Prometo al sacrificado espía cualquier cosa que quiera.

El silencio reinó entre los troyanos. Nadie se ofrecía a realizar esa misión que consideraban suicida. Todos estaban enmudecidos hasta que se escuchó la voz de Dolón, un muchacho rico en oro y bronces, y muy feo, que dijo:

—Haré lo que pides, Héctor, pese a que parece muy complicado. A cambio pido, cuando ganemos la guerra, los prodigiosos caballos de Aquiles.

Héctor aceptó el trato y Dolón también (al igual que Odiseo y Diomedes) empezó a cruzar el campo de batalla para infiltrarse en las filas enemigas. Dolón era sigiloso, es cierto, pero Odiseo era más astuto y fue el primero en darse cuenta de que alguien se acercaba. Indicó a Diomedes que se tirara al suelo y que fingiera ser uno más de los muchos muertos que habían quedado de la batalla. Dolón no distinguió a los dos vivos de los muchos muertos y, cuando estuvo lo suficientemente cerca, ellos lo atraparon sin que tuviera tiempo para nada más.

Asustadísimo, el troyano dijo entre sollozos:

—¡No me maten! Háganme prisionero y yo los ayudaré en todo. Mi familia tiene mucho oro y bronce que les darán sin problema si se enteran de que he sido capturado por los aqueos.

Odiseo le contestó:

—Tranquilo, no pienses en la negra muerte en este momento. Dinos, ¿qué ibas a hacer?

—Me envía Héctor, me tentó ofreciéndome los caballos de Aquiles. Quería saber qué estaban haciendo en sus naves. Si pensaban escaparse en mitad de la noche o presentar batalla, mañana temprano.

—Te ofrecieron algo que no te será de utilidad, insensato. Todos sabemos que sólo Aquiles puede dominar a sus caballos, ningún otro mortal sobreviviría. Contéstame, ahora: ¿dónde está Héctor?, ¿dónde almacena sus armas y sus caballos?, ¿piensan atacar las naves mañana o regresar a Troya?

Dolón, entonces, todavía llorando, contestó:

–Te diré todo lo que me pides y más. Héctor está en asamblea, del otro lado del campamento. Cada uno de los pueblos de Troya tiene un lugar específico, los primeros por este camino son los tracios, ellos tienen los mejores caballos y son valientes en la guerra.

Dolón siguió diciéndoles todo lo que sabía sobre el ejército y, cuando terminó de hablar, Diomedes le dijo:

–No te hagas ilusiones, no saldrás de esta con vida. Si te tomáramos como rehén y después te liberáramos, inmediatamente volverías a sumarte al ejército troyano y volveríamos a enfrentarte. Sólo matándote me aseguro de que no vuelvas a representar una amenaza.

Terminó de decir esto y antes de que Dolón pudiera reaccionar, Diomedes le cortó de un solo golpe la cabeza. Le quitaron el casco, el arco y la lanza, y Odiseo le hizo una ofrenda a Atenea. Pusieron sobre el cuerpo unas ramas para, cuando volvieran, poder llevarse lo que quedaba y siguieron su camino.

Tal y como Dolón les había adelantado, más adelante encontraron el campamento de los tracios que dormían pesadamente rodeados de sus caballos, unos animales formidables. Diomedes y Odiseo fueron tan sigilosos y veloces que nadie pudo reaccionar a medida que mataban a los tracios, de a uno. Después de que Diomedes matara a su rey, Atenea bajó del Olimpo y aconsejó a los dos aqueos:

–Ahora váyanse, antes de que algún otro dios alerte al resto de los troyanos.

Eso fue lo que hicieron, pero antes se llevaron a los valiosos corceles con ellos y, de camino, todas las riquezas que le quedaban a Dolón.

Cuando llegaron junto a las naves aqueas todos los recibieron como a héroes, y ellos se fueron a dormir.

Canto VI:
Patroclo y Aquiles

Cuando el rosado amanecer se posó sobre la tierra, aqueos y troyanos estaban ya listos y ansiosos por enfrentarse. De acuerdo a lo que habían planeado en la asamblea, Agamenón iba al frente de su ejército y combatía con tanta fiereza que no hubiese podido distinguirse entre él y un animal salvaje. Mató a muchos de los mejores troyanos y, aun en medio de la polvareda que levantaba la confusión de caballos y de ejércitos, se lo podía distinguir como el más valiente y aguerrido de los hombres. Pero cuando ya le faltaba poco para llegar a la muralla de Troya, cuando estaba ya a punto su lanza de cruzarse con la de Héctor, Zeus, que estaba mirando todo, decidió que ya era suficiente. El más grande de los dioses otorgó al ejército troyano una fuerza descomunal y la suerte se invirtió, ahora eran los aqueos los que se veían obligados a retroceder y morían sin tener tiempo siquiera de defenderse.

Algunos de los más grandes héroes aqueos estaban siendo heridos en la batalla, entre ellos el temerario Diomedes, Odiseo, el astuto y Agamenón, el primero de los reyes. En un momento una lanza hirió a Macaón, el médico, y el anciano Néstor, apenas pudo sacarlo y llevárselo en su carro hasta las naves. Aquiles estaba viendo todo desde la popa de su enorme nave. Vio cómo Néstor volvía con un herido que parecía un guerrero importante y le dijo a Patroclo que fuera a averiguar de quién se trataba.

Patroclo hizo eso y cuando llegó se encontró con el médico herido gravemente y con Néstor, el anciano sabio al que, como todos, amaba, que le dijo:

–¿Está feliz, Aquiles, viendo todos estos heridos? ¿Se complace su corazón iracundo con el espectáculo que le brinda esta matanza? Su valentía sólo le servirá para él mismo, cuando todo el ejército muera. Y estoy seguro de que él llorará amargamente y arrepentido cuando eso pase. ¿Recuerdas cuando tu padre te envió desde Ftía a luchar junto al ejército de Agamenón? Estábamos en el palacio del anciano Peleo, el padre de Aquiles, y podíamos verlo asar grandes muslos de buey en honor a Zeus. Odiseo y yo pudimos escuchar cuando tu padre, el venerable Menetio, te abrazaba y te daba este consejo: "Querido hijo, Aquiles te aventaja en linaje, pero tú, además de su amigo, eres más grande y prudente. Él te obedecerá, tú enséñale cuando obre erróneamente, rétalo, que a ti te escuchará". Recuerda ese consejo de tu sabio padre, habla con Aquiles, a lo mejor, con la ayuda de los dioses, tú puedas ablandar su corazón. Sabes muy bien que Aquiles no está obrando correctamente, eres su amigo más querido y cercano, seguramente tu opinión tendrá un gran peso sobre él. Si no quiere ir él mismo a la batalla, por lo menos que envíe al resto de los mirmidones, contigo a la cabeza. Si le pides su magnífica armadura, también, seguramente los troyanos, al verte, pensarán que eres Aquiles y abandonarán la pelea presas del miedo.

Estas fueron las palabras que le dijo Néstor a Patroclo. Fueron palabras que tocaron su corazón y lo conmovieron profundamente porque las sabía ciertas. Volvió corriendo hasta el sitio en el que se encontraba Aquiles, dispuesto a tratar de convencerlo.

Mientras tanto, en el campo de batalla, las cosas iban muy mal para los aqueos, estaban teniendo que soportar muchas muertes y, sobre todo, muchos heridos. Era evidente que Zeus, entre todos los dioses, no quería que los aqueos triunfaran ese día.

Patroclo llegó corriendo y llorando a la nave en la que lo esperaba Aquiles. Al verlo así de angustiado, su amigo más grande se preocupó muchísimo:

–¿Qué te provoca ese llanto amargo, amigo? ¿Nos traes a mí o al resto de los mirmidones alguna noticia espantosa? ¿Alguna desgracia se abatió sobre Ftía, nuestra querida patria? ¡Habla, por favor!

Entre sollozos, todavía, Patroclo contestó:

–¡Aquiles, hermano mío y el mejor de todos los aqueos, eres despiadado! Ojalá que nunca invada mi corazón una ira como la que invade el tuyo, es una mordedura de serpiente dispuesta a envenenarlo todo, es una lanza que no termina de clavarse, es una pesadilla. ¿Estás viendo cómo mueren los aqueos, implacablemente, bajo las armas de los troyanos? ¿No recuerdas lo que prometimos cuando nos unimos al ejército de Agamenón? Si te niegas a luchar porque tu madre te ha dicho que moriremos en la batalla, al menos déjame ir a mí, que no me importa la muerte; déjame ir a mí, al frente de los mirmidones. Préstame tu armadura. Seguramente los troyanos me confundirán contigo y huirán atemorizados.

–¡Patroclo, hermano mío!, ¿qué cosas me estás diciendo? No peleo porque tenga miedo a morir. Mi madre me avisó que moriré aquí, sí, pero que todavía falta. Me niego a pelear porque me enferma la sangre ver cómo un hombre, la encarnación misma del poder, se cree tan superior que considera que puede quitarle a cualquiera lo que ganó en buena ley. No soporto su abuso de poder, Patroclo. Pero entiendo que no puedo arrastrarlos a ti y a todos los mirmidones a que hagan lo que a mí se me antoja. Si quieres ir a pelear, ve y llévate a los hombres. Usa mi armadura y entra en la batalla. Sólo algo te pido, como amigo, como hermano y como jefe: lucha contra los troyanos, aléjalos de nuestras naves, haz que vuelvan a la sombra que les da su alto muro, pero no los enfrentes por ti mismo más allá, ni aunque Zeus te prometa el éxito. Sólo debes ir, enfrentarlos hasta que retrocedan, y después volver aquí.

Mientras ellos dos hablaban en las naves, en el campo de batalla Héctor hería a Áyax y lograba vencer su resistencia. Los troyanos ya estaban llegando hasta las naves aqueas y comenzaban a incendiarlas. Era una desgracia incomparable.

Aquiles y Patroclo vieron esto y se apuraron.

–¡Ahora ve, Patroclo! Ponte mi armadura que yo iré a avisarles a nuestras tropas.

Esto dijo Aquiles y Patroclo estuvo listo casi enseguida. Tenía la armadura, el escudo y el casco de Aquiles. No pudo llevarse la lanza porque sólo Aquiles tenía la fuerza necesaria para levantarla.

Los mirmidones, guiados por Patroclo, parecían un enjambre de avispas enojadas porque alguien ha destrozado su nido. Con esa velocidad y esa furia salieron a luchar contra los troyanos. Patroclo les dijo estas palabras que les dieron aun más fuerzas.

–¡Compañeros mirmidones! ¡Mostremos honor en esta guerra y honremos a Aquiles, que es el más valiente de todos los hombres! ¡Demostremos a todos el gran error que cometió Agamenón al insultarlo!

Los mirmidones caían sobre los troyanos como si fueran una peste. Los que sobrevivían a los embates de los guerreros de Patroclo, no podían soportar el miedo a tener que enfrentar a Aquiles y huían rumbo a la ciudad.

Cuando Sarpedón, rey de los licios[9], vio que sus compañeros de combate morían a manos de Patroclo y sus hombres huían para ponerse a salvo, gritó:

–¡Nos cubrirá la vergüenza, licios, si huyen de esta manera! Yo mismo me enfrentaré con este hombre y pondré fin al terror que siembra entre todos.

Sarpedón dijo eso y saltó de su carro a encontrarse con Patroclo. Se encontraron en la llanura, cerca todavía de las naves de los aqueos y comenzaron a pelear. La lanza de Patroclo mató al escudero de su enemigo y la de éste hirió mortalmente a uno de los bellos caballos de Aquiles, que llevaban a Patroclo.

En el Olimpo, Zeus se debatía. Lo que más deseaba era rescatar a Sarpedón de la muerte que, de seguir todo así, seguramente le esperaba, pero Hera lo detuvo:

–Ya le salvaste la vida muchas veces a Sarpedón. Me parece que es hora de que dejes de intervenir y él cumpla con su destino.

En la tierra, antes de que Zeus pudiera hacer nada, Patroclo clavó su lanza justo en el corazón del rey de los licios, que murió pidiéndoles a sus hombres que lo enterraran.

Alrededor del cuerpo y las armas de Sarpedón, entonces, se dio una nueva batalla: los troyanos querían llevarse su cuerpo y los hombres de Patroclo querían despojarlo de su coraza y sus armas.

---

9   Pueblo aliado de los troyanos. Célebres por su fuerza y valentía.

Zeus, por su parte, miraba todo esto muy enojado. No había llegado a intervenir para salvar la vida de Sarpedón y ahora quería ver cómo podía vengarse de eso que él consideraba una afrenta, dado que Sarpedón era uno de sus protegidos.

Decidió, entonces, que haría que Héctor y el resto de los troyanos retrocedieran hasta las murallas de Troya, infundió miedo en el corazón de Héctor que, de todos modos, sospechó que había una decisión divina en esto.

Cuando vieron que todos retrocedían, Patroclo y sus hombres pensaron que todo estaba saliendo de acuerdo a sus deseos. Despojaron al cuerpo de Sarpedón de su coraza y sus armas y Patroclo mandó que llevaran esos bienes obtenidos en combate hasta la nave de Aquiles.

En ese momento, sin que nadie pudiera advertirlo, el más grande de los dioses, Zeus, intervino nuevamente. Infundió en el corazón de Patroclo un valor que no conocía de prudencias. El pobre Patroclo, sin saber que estaba siguiendo los pasos que lo llevarían directo a la negra muerte, tomó la decisión de desobedecer a Aquiles y perseguir a los troyanos hasta la muralla que rodeaba la ciudad. A Patroclo lo guiaba una ambición que no era habitual en él, quería matar a todos los troyanos posibles y enfrentarse a Héctor. Quería ganar esa batalla y la guerra entera, pero olvidó que las guerras las ganan los ejércitos, y no los hombres solos, no importa cuán valientes o buenos guerreros sean.

Patroclo estaba como poseído y avanzaba entre los hombres como si fuera un dios, mataba a todos los troyanos que se cruzaban en su camino y estaba ya próximo a las puertas de la ciudad, quizás podría haber logrado entrar, si Apolo no hubiese intervenido.

Tres veces acometió Patroclo contra los troyanos buscando entrar. Tres veces en las que mató a varios troyanos, tres veces en las que Apolo defendió con un escudo a su ciudad amada. Antes de que Patroclo volviera a intentarlo, Apolo le habló con voz terrible:

–¡Vete, Patroclo, hijo de Menetio! Ni el destino ni yo permitiremos que entres en Troya. Tu lanza no destruirá esta bella ciudad.

Patroclo no prestó atención a la advertencia del dios Apolo y quiso embestir una cuarta vez contra las murallas de Troya. Entonces Apolo, irreconocible en medio de una densa nube de polvo, se le puso por detrás al amigo inseparable de Aquiles y con su pesada mano divina, lo empujó. Patroclo cayó pesadamente al piso, y su casco, el casco inmaculado que había adornado la cabeza de Aquiles, rodó por el suelo y dejó ver a todos que ese no era Aquiles, sino su adorado amigo, Patroclo. Apolo rompió la lanza con la que el mirmidón había matado a tantos troyanos, alejó su bellísimo escudo y, por último, desató la coraza que lo protegía.

El troyano Euforbo, de rápida reacción, le clavó su aguda lanza en la espalda. Pero esto solamente hirió a Patroclo que, pese a todo, pudo ponerse en pie nuevamente. Quiso retroceder hasta donde estaban sus compañeros cuando la sangrienta lanza de Héctor lo atravesó de lado a lado, ahora sí, causándole la muerte.

–¡Patroclo! Seguramente esperabas entrar a Troya, matar a nuestros guerreros y secuestrar a las mujeres. Y en cambio soy yo el que te vence, yo el que veré las luces de un nuevo día mientras que a ti hoy mismo te comerán los buitres. Te envía Aquiles, sin duda, a matarme y tú has sido tan necio como para pretender obedecerlo.

Antes de morir, Patroclo llegó a contestarle a Héctor:

–El necio eres tú, Héctor, que no ves la realidad. No eres tú quien me está matando, sino Zeus y Apolo, ellos son los que me dan muerte. Pero no vivirás mucho, eso puedo asegurártelo,

puedo ver cómo la negra muerte viene pronto por ti también. Y será el gran Aquiles quien te mate.

Terminó de decir esto y sus ojos se cerraron para siempre. No pudo escuchar lo que Héctor, altanero, le decía:

–¿Me anuncias la muerte a mí, Patroclo? ¿Quién sabe si no será tu querido Aquiles, hijo de una diosa, quien muera herido por mi lanza?

Canto VII:
La gran batalla

Cuando Menelao se dio cuenta de que Patroclo había muerto en la batalla, se abrió camino entre todos los guerreros, aqueos y troyanos, y se propuso defender su cadáver. Luchó encarnizadamente contra todos los que querían ultrajarlo pero era muy pobre defensa un solo hombre contra tantos, por lo que los troyanos pudieron quedarse con todo lo que alguna vez había pertenecido a Aquiles.

Desesperado como estaba, Menelao consiguió divisar a Áyax, que estaba cerca, y le pidió su ayuda. Entre los dos pudieron oponer más resistencia ante los troyanos, que querían cortarle la cabeza al cadáver de Patroclo, para celebrar que habían matado al que tanto terror les inspiró.

En medio de ese caos, sus compañeros le alcanzaron a Héctor la magnífica armadura de Aquiles. Sin dudarlo ni un momento cambió la suya por la que acababa de obtener y se sintió más poderoso que nunca.

En el Olimpo, Zeus contemplaba esto y movía la cabeza con tristeza. El más grande de los dioses se dijo a sí mismo:

–¡Ay, miserable Héctor! Si supieras que tu muerte está tan cerca no te tomarías tan a la ligera esto de matar al amigo del más fuerte y valiente de los hombres, no te pondrías tan alegremente la armadura que injustamente le arrebataste a un cadáver.

Aquiles, mientras tanto, sentado todavía en su nave, no sabía aún nada de la muerte de Patroclo pero su corazón ya empezaba a temer lo peor. ¿Por qué no volvía de la guerra, su amigo, si los troyanos ya habían sido alejados de las naves? ¿Qué lo demoraba tanto?

Se paseaba nervioso cuando Antíloco, el hijo de Néstor, llegó con la noticia.

–¡Noble Aquiles! Ha pasado lo que nunca tendría que haber ocurrido. Patroclo yace muerto. Troyanos y aqueos combaten alrededor de su cuerpo desnudo, porque Héctor lo ha despojado de toda su armadura.

Aquiles sintió que la nube más oscura lo cubría por completo. Se sentó sobre las cenizas y con ambas manos las tiró sobre su cabeza[10]. Su pena era tan honda, tan inmensamente grande que el héroe quiso hablar y sólo pudo emitir un larguísimo grito monstruoso que hizo que todos en el campo de batalla, detuvieran la pelea. El atardecer estaba cayendo sobre Troya y todos entendieron que era momento de detenerse. Los aqueos aprovecharon la distracción que provocó el alarido y se llevaron el cadáver de Patroclo, que fue velado toda la noche por Aquiles y los mirmidones. La tregua se extendería hasta el día siguiente.

---

10 Tirarse cenizas sobre la cabeza era una costumbre muy habitual entre los pueblos de la antigua Grecia. Lo hacían en señal de pena cuando un ser muy querido había muerto.

El horrendo grito llegó también al fondo del mar, donde Tetis, madre de Aquiles, vivía. Ella entendió inmediatamente lo que había sucedido y decidió ayudar a su amado hijo. Se reunió con Hefesto, el dios del hierro, y le pidió que construyera las mejores armas para su Aquiles. Al amanecer, cuando las armas estuvieron listas, Tetis bajó a la tierra y encontró al héroe llorando, abrazado a los pies de Patroclo. Cuando su hijo la vio esto fue lo que le dijo:

–¡Madre mía! La tristeza me ahoga, no quiero seguir viviendo en este mundo si en él está también Héctor. No descansaré hasta que mi lanza atraviese su duro corazón.

–Entiendo tus palabras, hijo. Yo más que nadie. Por eso hice que el mismísimo Hefesto te construya estas armas, que son las mejores que se hayan hecho jamás. Pero antes de entrar en la batalla, debes llamar a una asamblea y renunciar a la ira que envenenó tu corazón. Ve, yo me quedaré cuidando el cuerpo de tu amigo.

Aquiles obedeció a su madre y llamó a una asamblea que se realizó esa misma mañana. Delante de los mejores hombres de todo el ejército aqueo dijo:

–¡Agamenón, los troyanos recordarán por años esta disputa que nos mantuvo enfrentados y que les fue tan útil! ¡Tantas vidas de aqueos se han perdido por culpa de ese enojo que se apoderó de todo mi cuerpo! ¡Tanta sangre podría haberse ahorrado! ¡Pero ahora es el tiempo de que nos perdonemos, de que dejemos de lado las cosas que alguna vez nos separaron y salgamos a luchar juntos! ¡Que Héctor y los suyos comprendan el mortal error que cometieron desafiándonos!

Agamenón, contento con lo que acababa de escuchar, dijo:

–¡Ya me arrepentí largamente, Aquiles, de todo lo que cometí en tu contra! Mi alma fue inspirada por la negra voluntad de Zeus ese día, y quiero remediarlo. Te devuelvo a Briseida, tu justísima recompensa por el enorme valor que muestras siempre en la batalla, por tu fuerza y tu coraje incomparables.

Después de esto, Agamenón y Aquiles hicieron las paces y ya querían salir a combatir juntos a los troyanos. Odiseo, astuto, inteligente e ingenioso como era, se opuso:

–Son ambos muy valientes y muy aguerridos, no hay discusión frente a eso. Pero déjenme decirles que ninguna batalla, por insignificante que sea, se gana con el estómago vacío. Menos una como la de hoy que, mucho me temo, será muy larga. Comamos, primero, y salgamos a terminar de una buena vez con todos los troyanos, después.

Todos entendieron que las palabras de Odiseo eran muy sabias. Y enseguida se organizó un festín para todos los guerreros, para que llegaran al campo de batalla fortalecidos y contentos.

Mientras esto sucedía, en el Olimpo también Zeus había organizado una asamblea, en ella les comunicó a todos los dioses que levantaba la prohibición de intervenir en la guerra (prohibición que Apolo, por ejemplo, ya había roto). Que ahora cada dios podía defender al ejército que prefiriera, y cuidar la vida de quien quisiera. Los dioses estaban felices, porque a todos les gusta intervenir en las cuestiones humanas, sobre todo cuando se trata de guerras. Fueron a luchar del lado de los aqueos Atenea y Hera, por supuesto, pero también Poseidón, Hermes y Hefesto. Del lado de los troyanos estaban Ares, Apolo y Afrodita, claro, pero también Artemisa, Leto y el Janto.

Poco tiempo después, todos estaban preparados, hombres y dioses. Todos querían ver la sangre del enemigo derramada porque pensaban que eso curaría todo. Las guerras suelen ser algo que se presenta como urgente e imprescindible pero que, después, cuando todo ha terminado, nos damos cuenta de que no cambian demasiado las cosas.

Los ejércitos chocaron con más fuerza que nunca antes. Una nube de polvo e ira lo cubría todo. Por la tierra se iba formando un río de sangre común, sangre de aqueos y troyanos, que iba unida a desembocar al mar. Muchos estaban muriendo, era cierto, pero también podía verse cómo estaban naciendo muchos héroes nuevos, allí donde antes había simples soldados.

El más temido y temerario era, sin dudas, Aquiles. Sus ojos todavía lloraban la muerte de Patroclo y esa tristeza, que seguía punzándole el corazón, parecía darle aun más fuerzas. Era una bestia desatada en medio del campo de batalla. Ya había matado a muchos troyanos cuando se encontró con que Eneas, harto de ver morir a sus compañeros, lo desafiaba. Aquiles rió, entonces, y le dijo:

—Hijo de Anquises y Afrodita, ¿estás seguro de que quieres pelear conmigo? Ya en alguna otra oportunidad te vencí y debiste huir como un niño.

Eneas, que temblaba de odio, le contestó:

—Ambos sabemos muy bien quiénes somos, Aquiles. Los dos tenemos diosas por madres, así que no me asusta tu discurso de elegido. Veamos en la lucha quién es el mejor y basta de especulaciones.

Terminó de decir esto, Eneas, y arrojó su poderosa lanza contra Aquiles, pero dio en el escudo que Hefesto le había hecho; semejante tiro hubiese podido atravesar sin problemas cualquier escudo menos ese y la lanza se detuvo en la película de oro que el dios le había puesto en el medio.

Aquiles levantó su pesada lanza y la arrojó con todas sus fuerzas. Eneas, rápido de reflejos, alcanzó a agacharse y a cubrirse con su escudo. La lanza siguió de largo y se clavó en el suelo con tanta fuerza que produjo un temblor. Aquiles, enfurecido, tomó su espada y corrió dispuesto a clavársela a su rival. Eneas, por su parte, levantó una piedra tan pesada que dos hombres normales no hubiesen podido levantar y se disponía a arrojársela a Aquiles. Uno de los dos hubiera muerto con seguridad si no hubiese aparecido Poseidón que, pese a estar luchando con los aqueos, tenía un gran aprecio por Eneas.

Poseidón entonces cubrió todo de niebla por un instante y se llevó a Eneas lejos de ese sitio, a salvo, donde lo reprendió por enfrentar a Aquiles cuando sabía que el hijo de Peleo era muy superior a él en fuerzas.

Los dioses intervenían en la guerra, pero era imposible refrenar a Aquiles, que estaba hecho una furia de hombre y mataba a cientos, a miles de troyanos como si estuviesen hechos de papel. Los troyanos entendieron que si se quedaban a combatir, todos morirían a manos de Aquiles, por lo que corrieron a refugiarse en la ciudad y cerraron sus puertas con fuerza. Todos los troyanos que habían sobrevivido ese día estaban del lado de adentro, menos Héctor, que había quedado afuera, a las puertas de la ciudad y ya no podía entrar.

Aquiles se rió con enorme estrépito al verlo y entendió que este era su momento:

–¡Héctor! Tú, que tan cobardemente mataste a mi adorado amigo Patroclo, tú, en este mismo momento morirás de la peor de las muertes, frente a mí, que reiré sobre tu cadáver.

Las piernas de Héctor temblaron frente a esa amenaza, y trató de huir al principio, corrió alrededor de la ciudad perseguido por Aquiles, buscando alguna manera de entrar. Todo era como una pesadilla para él, que corría incesantemente sin poder escapar.

En el Olimpo, Zeus puso los destinos de Héctor y de Aquiles en la balanza. Y la balanza del destino quiso que fuera Héctor el que pereciera esa tarde.

Atenea, entonces, decidió tomar cartas en el asunto. Tomó la forma de Deífobo, un hermano muy querido de Héctor y le dijo:

–Hermano adorado, aquí estoy yo contigo. Enfréntate a Aquiles que yo te ayudaré. Entre los dos podemos vencerlo.

Héctor, conmovido, le contestó al que creyó su hermano:

–¡Deífobo! Sabía que podía contar contigo, sabía que no serías capaz de dejarme solo en esta circunstancia. Ahora que sé que me acompañas, mi corazón se puebla de una fuerza que no conocía. Venceremos a Aquiles, juntos.

Terminó de decir esto y se dio vuelta para enfrentar a su perseguidor. Aquiles, que estaba cansado después de la persecución, se detuvo a recobrar el aliento.

–Ahora veremos, Aquiles, quién de los dos es el más querido por los dioses. Veremos quién de los dos verá ponerse el sol en este día glorioso.

Héctor terminó de decir esto y vio cómo la poderosa lanza de Aquiles surcaba el cielo para caer sobre él. Rápido de reflejos, logró esquivarla y sintió el temblor cuando se clavó en el suelo.

Le tocó el turno de lanzar a Héctor. Su lanza dio en el escudo de Aquiles pero, como le pasó a Eneas, no logró atravesar la divina creación de Hefesto. Entonces, cuando se dio vuelta para ver qué iba a hacer su hermano, Deífobo, no lo encontró, se había desvanecido en el delgado aire de esa tarde que se tornaba fatídica. En ese momento comprendió, Héctor, que todo había sido un engaño de Atenea y con enorme tristeza, le dijo a Aquiles:

–He sido engañado por los dioses y moriré ahora, seguramente. Pero lo haré luchando.

Desenvainó su espada y enfrentó a Aquiles. La lucha duró mucho tiempo y aquellos que la atestiguaron dicen que no tuvo comparación. Los dos mejores guerreros se enfrentaban a muerte mientras el sol comenzaba a ponerse en el horizonte.

Aquiles conocía muy bien la armadura que llevaba Héctor, había sido suya, él se la prestó a Patroclo que, al morir, había sido despojado por los troyanos.

Aquiles sabía muy bien que había un único punto del cuerpo que esa armadura fabulosa dejaba libre: el cuello. Entonces, después de tanto luchar, finalmente logró arrojarse sobre Héctor con todas sus fuerzas y con su espada logró cortarle la garganta.

El cuerpo de Héctor quedó desangrándose sobre la llanura, a los pies del muro que rodeaba su amada ciudad, Troya.

Aquiles le quitó la armadura, la ató a su carro y dijo, a quien quisiera escucharlo:

—Volvamos a las naves, debo enterrar a Patroclo con esta bella armadura.

Y se perdió en el horizonte, con el último rayo de sol que caía.

Troyanos y aqueos estuvieron de acuerdo en tener una tregua de doce días, para dedicarles los debidos funerales a Héctor y a Patroclo. Después volverían a la guerra. Porque el destino estaba lejos de cumplirse.

Y Troya podía resistir mucho más todavía.

Índice

OTROS TÍTULOS
DE NUESTRO SELLO EDITORIAL

www.edicioneslea.com